청어詩人選 294

황홀한 고백

신금자 시집

어느 날 빨간 장미 한 송이
발아래 피어나
입술 내밀며 오르는 날 보고
곁으로 내려오라 한다
황홀한 고백으로 바람에 들킬세라
수줍은 얼굴 넝쿨 뒤로 숨는다

청어

황홀한 고백

날마다 시간마다
너를 쫓는 이 마음
나 고백하리라
얼마나 너를 그리워하며
사랑하는지를

부엌에서 밭에서
불쑥불쑥 찾아오는 너
나 고백하리라
한 문장도 놓치고 싶지 않아
얼마나 조바심하는지를

내놓을 것 없는
부끄러움뿐이지만
나 고백하리라
네가 세상에 나올 때마다
얼마나 행복한지를

세월이 저만치
흘러가 버린 후에도
나 고백하리라
네가 누군가의 책꽂이에 꽂혀
먼 훗날까지 가슴속에 남아있기를

차례

1부 산은 나에게

2부 두 번째 시집

3부 비밀이 생겼어요

4부 동강의 할미꽃

1부

산은 나에게

첫 마음 1월

지난해 무겁던 마음
첫 마음 1월을 연다

2021년 올해는 내 나라
내 가정 모든 이웃

마스크 벗어 던지고
사람 꽃으로 만발하여

함박웃음 지으며
새해를 맞이했으면 좋겠어

한 조각 구름

눈이 시리게 파란 하늘

한 조각 구름 떠다니다가

파란 물속 궁금하다며

저수지에 풍덩 빠져

산그늘에 숨어버리네

모과 향기

누가 모과를 못생긴
얼굴이라 했나

향기에 한 번 취하고
따끈한 차 한잔에 녹아드는

속과 겉이 다른 사람보다는
겉과 속이 똑같은 네가

두루뭉술 믿음직스러워
부엌 방 거실에 놓아둔 모과

아로니아 향기 풍기는 모과 사랑

자연은 학교다

흐르는 강 멈추지 말라 하고

바위는 말을 아끼라 한다

자연은 울타리도 치지 않는다

마음 가는 대로 앉아서 숨을 돌리자

웃음도 울음도 침묵으로 답한다

하늘과 땅 사이에 숲이 있기에

진심이 숨어 있는 자연은 글방, 공부방이다

바람이 말을

언덕길 오르는데
뒤따라오던
바람이 말을 걸더라

여름앓이
주름진 얼굴 어루만지며
가을바람이 말을 하더라

고운 단풍잎 한 장
손에 들려주고 같이 걷자며
가을바람이 말을 걸더라

가을바람이
굽이굽이 인생길
쉬어가라 하더라

달빛 소나타

창문을 흔든다
눈 떠보니
달빛 한 줌
방 안을 기웃거린다

달빛 소나타에
서글픈 달님의 미소

그래, 오늘이 음력 12월 17일
친정어머니 생일

하늘나라까지
미역국 배달 안 될까요?

산은 나에게

고독이 밀려올 때
산은 나에게 말을 걸었네

방황의 그림자 드리울 때
산은 나에게 어깨를 내주었네

사랑과 미움의 갈림길
산은 내 편이 되어주었네

절망과 소망 앞에
산은 내게 길 열어 주었네

담쟁이넝쿨

올려다보지도 못하고
오르는 당신을 외면하고

담쟁이넝쿨만 내려오길
담장에 기대선 채 눈만 맞춘다

어느 날 빨간 장미 한 송이
발아래 피어나

입술 내밀며 오르는 날 보고
곁으로 내려오라 한다

황홀한 고백으로 바람에 들킬세라
수줍은 얼굴 넝쿨 뒤로 숨는다

노을 길

노을 길 따라 걷는
초저녁
쓸쓸한 해조음 들려온다

흔들리는 가지마다
스산한 바람

술렁이는 내 마음처럼
어둠이 내려앉는다

하늘을 올려다보니
어느새 별님이 떴다

그물 울타리

고추밭 고구마밭
그물 울타리 치던 날

고라니 산토끼
숨어서 망을 보는데

하늘에서 쳐다보던
꿩 비둘기

우리는 그 집에 들어갈 수 있단다
꿩꿩 웃으며 날아간다

부러운 듯 쳐다보는
고라니 산토끼

저녁놀 별 되어

저녁놀 해를 안고
붉은 바다를 삼킨다

내 너를 보내기 싫어
길을 막아 보지만

숨으려는 마음
쫓아가 붙잡으려 하면

더욱 빠른 걸음으로
이별을 고한다

밤하늘 별
등 뒤로
그만 숨어버린다

추억은 노을 속으로

붉게 물들었던 세월
지나온 추억의 그림자

겨울나무 뒹구는 나뭇잎
이름 모를 새 한 마리

난 아직 그 자리에
너를 안고 돌고 있는데

숨으려는 노을이 아쉬워
침묵으로 응시한다

한 그루 나무

잎새 떨군 알몸 나무는 춥다
겨울 하늘 몽둥이 바람

감싸 안은 회색 구름도
초목의 외침 서글프다

겨울앓이 마른 가슴
걷는 발길 비틀거리고

외로운 건
외톨이
한 그루 나무이기에

새벽길

하늘길
안개 헤집고 새벽이 온다

어둠이 내려앉은 산하
은사시나무 떨 듯
나무들이 휘청거린다

밝아오는 동녘 햇살
너와 나 두 손 맞잡고
크게 한 번 웃는 날

코로나19
내 손으로 꼭 잡고 말겠어

계절의 변화

무화과나무
계절의 변화 앞에서
나는 너에게
너는 나에게
마른나무가 되어 바라본다

이름 모를 작은 새 한 마리
빈 가지에 앉아
채우면 비우는 거라며
재잘댄다

하늘엔 기러기 한 떼
새 터 찾아 날아간다

들꽃 되어

들녘에
물안개 피어오르고
산 아래 개울
개구리를 깨운다

사계절 자리 잡아 놓고서
들꽃 되어
내 안의 그대를 본다

그대가 정녕
날 외면한다 해도
들꽃 되어 언제나
그리움 담고

때로는 보랏빛 향기로
잎새에 부는 바람
생명을 지탱해주는
이정표 되어
아침 이슬에 세수를 한다

지금은 공사 중

평범한 일상이 얼마나
고마운 날이던가

거리두기 마스크 착용
사람 꽃도 피지 못하고

미간만 좁혀져
주름만 가득

허공에 메아리
희망의 손짓

지금은 공사 중

꿩 한 마리

아침 창문 밖
묵정밭에 꿩 한 마리

살금살금 밭이랑에서
무엇을 찾으려는지

분명 까투리일 거야
자식 주려고 아침밥 찾는 걸 거야

여자는 약하지만,
어머니는 강하지

아침 내내 바라보다가
창문을 닫으며
나 혼자 중얼거린다

냉이꽃

어머니 떠난 텃밭에는
하얀 냉이꽃이 만발했다

녹슨 호미는 주인을 잃고
빈 밭고랑에 뒹굴고 있는데

고향 그리워 찾아온 길손
냉이 넣어 청국장 끓여 놓고

빈 집터에 하얀 손길 따라
구수한 된장 냄새 퍼진다

해는 그림자만 노을 속으로
숨어버린다

꽃상추

무엇이 그리 부끄러워
치마를 겹겹이 입고서

속내를 보이지 않는
여자의 마음

치마폭 감싸 안으며
수줍은 미소를 띤다

치마 한 켜 한 켜 벗을 날
기다리는 너희 이름은 꽃상추

시인의 정원

하늘 문이 열리면
구름이 말을 하네요

뜰 안 작약꽃 안아주며
말벗 되어주고는

여름에 또 온다며 그때
문을 열어달라 하네요

일 년에 네 번만
시인의 정원에 손님으로

대문으로 들어와
꽃밭에서 놀다 가겠다 하네요

모래성

파도가 밀려와 만든 모래톱
누구를 위해 쌓은 성일까?

새벽녘 고요한 시간
모래성 쌓았다
허물었다 하면서
발자국 흔적을 지운다

창밖으로 내다보이는 바다
책상에 앉아 턱을 고이고
동트는 하늘을 보며
끝없는 상념에 잠긴다
파도를 타고 내 마음 다독인다

꿀벌

화려한 유혹의 손길
꽃 사이로 골라 앉는다

작은 빨대로 수줍은 입맞춤
소녀의 마음 흔들어 놓고
이꽃 저꽃 옮겨 다닌다

에라! 바람둥이야!
그래도 꽃들은
바람에 고개 살랑거리며
달디 단 꽃가루 내어준다

우리 집 수호신

우리 집 지킴이
거목 살구나무

옛적부터 터 잡고
봄이 되면 환하게
불을 밝혀준다

지나가는 사람들
모두 한 마디씩
오미자 물 말아 쌀밥 짓네

굴뚝에선 꽃잎 연기를
내 품고 있네

2부

두 번째 시집

두 번째 시집

두 번째 시집
초록 바람이
도착하던 날

지금부터 시작이야!
남편의 응원

산 넘고 물 건너온 길
하염없이
흐르는 눈물

그 말 한마디에
강물 되었습니다

욕심이겠지

돋보이고 싶어서 그래
너무 화려하면
그 꽃 꺾고 싶어

깨어있음에
있는 그대로
순수한 마음 갖고 있으면 돼

언제나 낮은 자세로
머물러
꽃 피우면 되는 거야

가다가 보면
내 안의 욕심도
사그라질 거야

복잡한 생각

꼬인 생각 끝에
답답하여
냉수 한 잔 들이킨다

마음 가다듬으며
큰 그릇만 쓸모가 있는가?
작은 종자기도 용도가 있듯이

나무를 보라
처음부터 대들보더냐
작은 나무 큰 나무 되듯

가다 보면
희망의 빛도 보이겠지

기다린다

성격 급한 남자의
고함처럼
매서운 바람이 몰아친다

기다림에 지친 고독이
구시렁거리며 흔들린다

구들장 아랫목에 누운
봄 손님 언제 오려나

곱디고운 웃음꽃은
언제쯤 피어날까?

홍매화 피던 자리
사철나무가 울타리 친다

닮은 꼴

검은콩 심었더니
영락없는 검은콩

내 아들 걸음걸이
영락없는 남편 모습

딸아이 작은 눈은
나를 꼭 닮았네

기분 좋은 날

가끔 자식들 전화 목소리
곧은 걸음으로
대문에 들어서는 남편의 모습

며느리가 제일 예쁠 때
어머니!
오빠가 꽃게장 좋아해요
좀 해주세요

기분 좋은 날
왜 손은 안으로만 굽을까?

촛불

촛불 속에는
불타는 심지가 굳건히
자리를 잡고 있다

불을 붙이면 녹아내리는 가슴
모두 태우고 나면
불꽃은 어디에 머무는가?

허공 속에 떠돌다가
그리움이 머무는 곳으로

불사르고 날려 어디에
향을 올리는 걸까?

노년의 미소

보일 듯 말 듯
명치 끝이 아프다

사랑이라는 굴레
세월을 뒤로한 채

노년의 미소
젊음은 언제였나

무심한 세월
누구의 답도 없네

마음마저 내려놓는 날

밀려오는 행복

황금 들녘을 걷노라면
새 쫓는 양철통
두드리는 소리 정겹다

올해
태풍과 긴 장마
농부들 한숨 소리
엊그제였는데

어느새
고개 숙인 벼 이삭
형형색색 들녘

보름달처럼
만삭의 여인 되어
밀려오는 행복이
가을을 살찐다

왜

싫다 싫어

붙잡으려 애쓰는 내가 싫다

내가 끌어안은 하루가 귀찮다

뿌리째 뽑아버리고 싶다

왜 고민하는 거야

내 몸이 내가 아닌걸

눈이 시리도록 시퍼런 하늘

풍덩 빠져 씻고 나오렴

오늘은 왠지

어둠이 깔리는 저녁
멀리 보이는 가로등 불빛
가을바람에 흔들린다

바삭거리는
빈 옥수수 대
서걱대는 소리
허허로운 내 마음

어둠은 내려앉아
세상을 재우는데
가로등만 외로이
밤을 새운다

고희

앞만 보고 달려온 세월
어느새 일곱 번째 고개 넘으며

요즘 들어 포기하는 일이 많다
성취감은 꿈일까

고장 난 형광등처럼
깜빡거리는 기억들

이대로 앉아버릴까?
하다가도 벌떡 일어나
남은 미련 뒷덜미를
잡아당긴다

그네

창공을 날고 싶어서

그네에 앉아 널뛰기합니다

푸른 하늘을 날며 종달새 노래합니다

행복 지수는 어디에 있나요?

삶이 헛되지 않도록 그네에 앉아

오늘도 하늘을 날아봅니다

마음 부자

가난이 숙명이라 생각하며
한 조각의 빵을 얻기 위해
하루를 열어가는 사람들

내 안의 울타리
부러워할 세상도 없고
좋은 집도 필요 없고
내 한 몸 눕히면 되는걸

채워놓은 자리 분수 지키며
낮은 곳을 볼 줄 아는 사람이
마음 부자로 사는 삶이 아닐까

철부지 여자

명예도 싫소
돈도 싫소

철부지 여자로
한평생 살려 하오

들꽃처럼 소박하게
바람에 풀잎 날리듯

아침이슬 머금고
철없는 여인으로 살고 싶소

당신이 내 곁에만 있으면

걱정

시간은 그 자리에 머물러
가지 많은 나무 바람 잘 날 없듯이

세상은 코로나 때문에 전쟁인데
가장이라는 이름으로

먼 나라에 출장 갔다하니
걱정이 밀려오는 하루가 길다

딸아이 마음 헤아려
아이들 잘 보살 펴라, 그 말만

하루쯤

복잡하다
바쁘다
숨 헐떡인다
달릴 수가 없다

왜 그래?
답이 있는데
딱 한 번

들녘에
벌러덩 눕는 거야

허리 아프다

코로나19 때문에
허리 아프다

나이 탓이 아니지
한가위 명절인데

손주 녀석들 보지 못함에
두 동강이 난 것처럼
허리 아프다

깊이

가슴속에는 무엇이
숨어 있을까?

숨어 본들
호수에 비친 당신 마음

바닥까지 보이니
당신 마음 훔치려

물속 깊이와 그림자
호수의 둘레까지 알고 싶어

당신 마음도 나처럼
깊이가 같을까?

같은 생각으로
그 길 걷고 싶어요

책상 부자

부모님 뒷바라지 하랴
농사지으랴
뒤늦게 시작한
늦깎이 공부

와! 나는 책상 부자다
컴퓨터 책상
글 쓰는 책상
그림 그리는 책상

남편이 사 온 책상
너무 좋아
여보! 고마워요
아이처럼 방 안을 빙빙

이제는

아침에 눈 뜨며 하는 말
당신이 곁에 있어 좋아
고맙고, 감사해

홍조 띤 얼굴이 아니어도 좋아
곁에 있어만 줘도 고마운 사람

소중하다 느낄 때
지는 노을이 아름답다고 하지

달라진 예식장

코로나19 때문에
예식장 풍경도 달라졌다
눈만 내놓고 인사를 한다
한마디 말도 조심스러워
식권 한 장 들고 빠져나와
도둑고양이처럼 살금살금
멀리 떨어져 음식을 먹고는
도망치듯 나오며
신랑 신부에게
덕담 한마디 못 하고
돌아서는 서운한 발걸음

시멘트 길

시골 논둑길
시멘트 포장길

그 옛날 질퍽대던 그 길
생명 살리는 흙길

비 오는 날
아이처럼 맨발로
흙길 속에 빠지고 싶다

향수 같은
질퍽대던 그 길
맨발로 걸어 보았으면 좋겠다

빗자루

쌓인 먼지
두고만 있는데
벽에 걸린 빗자루
안달 났다

게으름 피우지 말고
나를 꺼내어
쓸어내란다

청소는 하고 싶을 때
하는 거야
가만히 매달려 있으렴

나부터 꽃단장 해야
콧노래 부르며
청소한단다

꼬끼오

어디선가 들리는
수탉의 울음소리
꼬끼오
농가의 새벽을 연다

아침을 알리는 신호 따라
우리 부부 일터로 나간다

꼬끼오
활기찬 하루가 열린다

논둑길을 걸으며

겨울 언저리 빈 들녘
논두렁 기대어 피던
이름 모를 보라색 들꽃

어머니 품속 같은
논둑길 걸으며
흙냄새에 흠뻑 젖는다

초저녁 상현달 앞세우고
고향길 따라 세월 따라
기러기 한 무리
하늘을 난다

도둑이야

모자에 마스크
두꺼운 장갑 끼고
은행털이 하러 간다

지문이 남지 않게
조심스레
털고 있는데

노란 군복 입은 잎새들
우르르 몰려와
도둑이야 소리친다

은행 담긴 바구니 들고
헐레벌떡
집을 향해 달린다

바구니 쏟아 놓고
한숨 돌리는 은행 털이범
그 냄새 한 번 지독하다

빈 곳간

멧돼지가 헤집고 간 자리
여름내 기다리다가

땅 갈라지는 소리
가을이 영그는 소리

고구마밭 호미로 캐보니
고구마는 달리지 않고
뿌리만 뽑힌다

가을 곳간 빈자리
한숨만 쟁여놓고
줄기라도 잘라서 말려야지

발부리 끝에 걸린 돌멩이만
애꿎게 걷어찬다

포기한다는 것

요즘 내 몸이
내가 아닌 듯

우주가 돌아가니
내 몸도 돌고 돌아

포기한다는 것
지워지는 이름

볼펜 놀리기조차 싫어
덮어 놓은 책

봄이 오면 또다시
꿈을 꾸려나
제비 손님을 기다리듯

세월은 너무 짧은데

보고 있어도 감은 눈
듣고 있어도 닫은 귀
세월은 너무 짧은데

하고 싶은 것도 너무 많아
모르는 것도 너무 많아

그림 공부

고호 얼굴
문인화 반에서 그림 수업

같은 반 선생님들 솜씨에 놀라
엄두가 나지 않아 덮었다

머리로만 생각하다가
못할 것도 없지

연필로 스케치해보니
윤곽이 비슷해서
미대 나온 딸에게
핸드폰으로 찍어 보냈다

엄마 잘했어요
그 말 한마디 힘을 얻어
손끝에 힘이 간다

그래! 첫술에 배부를 수야

약이 된다면

지푸라기라도 잡고 싶은 마음에
마른 고춧대 이백 그램
마른 대추 세 알
천일염 일곱 알

코로네 19 예방약이라
밑져야 본전이니
한 번 만들어 먹어 보는 거야

소문에 꼬리를 물고 왔지만
가짜라는 말에 헛웃음만 허허

완두콩 열리면

비닐하우스에 완두콩
싹을 틔우고 지주대 올려
꽃 진 자리 콩 자루 열렸네

비닐하우스는 보물창고
완두콩, 고추, 상추, 호박

사위가 좋아하는 완두콩
한 보따리 싸 들고
알콩달콩 깨소금 집
딸 사위 보러 갈까나

흔들린다

솟구치는 연둣빛 바람
산과 들녘엔 가득한데

하루가
물에 젖은 솜처럼 무겁네
누군가 등 떠미는 것도 아닌데

눈 자락 꺼지고
하지 동맥은
스멀스멀 부어오르고

길가 앉은뱅이 꽃
쉬어가라 손짓하는데

시작과 끝의 묶음에서
거저 얻은 행복은 없다 하네

네모 상자

분명 단소리였는데

어찌 생각하면 쓴소리

밤새 네모 상자에 갇혀

끙끙 앓는 소리 따라

꿈에서 깨어보니

글이 나이고 내가 글인걸

어찌하리오

3부

비밀이 생겼어요

이유를 알았다

연꽃은 진흙땅에서
꽃을 피운다

꽃들은 언제나
바람과 천둥소리에 놀라도
겸손을 잃지 않는다
웃음도 일지 않는다

씨앗 주머니 바람에 날리며
눈물 한 방울 흘리지 않음은
무슨 까닭일까?

아! 꽃이라서

나이는 숫자에 불과해

흠칫 눈치 보며 끝자리에 앉는다
나이 많은 게 무슨 죄인가

젊은 청춘은 언제였던가
고개 숙이고 볼펜만 굴린다

점심시간 "같이 오세요" 하는 말
뒤로 하고 빵 한 조각, 물 한 모금 먹고

남편의 전화에 서러움이 왈칵
나이는 숫자일 뿐이야

마음 다잡고 강의실에 앉아
다시 한번 용기를 내보는 거야

눈동자

언제나 서 있다
안주하지 못하는 건
부족한 탓이거니

굴리고 굴려도
어찌하오리까
앉으려 해도 구르는 돌

솟구치는 욕망의 눈동자
어차피 떨어질 잎새

낙엽 주우며
오솔길 올라간다

며느리

올 김장 배추
노란 속이 차지 않아
허술하다
날씨 탓이다

전화기 너머
들리는 며느리 목소리
어머니, 김장 조금만 하세요

훗날
어머니 김장은
제가 책임질게요

하나뿐인 며느리
귀여울 수밖에

그대는

그대는 늘 그랬듯이
나를 꽃으로 보았네

그대는 늘 그랬듯이
별 닮은 꽃으로 나를 보았네

그대는 늘 그랬듯이
키 작은 채송화로 앉아

품 안의 꽃으로
다독거렸네

세월 탓일까

달빛은 창가에 다가와
잠자던 나를 깨운다

이웃집 형님 요양원으로 가셨다
걸어온 삶이 싫어 허망하고 한스럽다

부모는 열 자식을 품는데
자식은 한 부모를 모시기 어렵단다

내 나이 고희가 코앞이라
무엇을 얻으려 달려만 왔는지

달빛도 서럽고 춥다고 한다

딸 부부

딸아이 부부가 왔다
반가움에 문을 열었다

코로나 19 때문에
사위 본 지도 오래되었다
나이가 들으니 약해진 마음

큰손자 군대 간다는 말
언제 그렇게 컸을까?
대견해서 되물어 본다

알콩달콩 사는 모습 사랑스러워
사위 얼굴 쳐다보며
마음으로 고맙네! 고마워

비밀이 생겼어요

하고 싶은데 하지 말라 하니
비밀이 생겼어요

미래의 전제이니까요
준비하는 마음으로

만족할 만큼 성취하면
그때는 말할게요

몰래 숨어서 하는 일
난생처음 해보는데

잘 되겠지요, 묻고 싶어요

우리 만나요

앞산 허리춤에
물안개 자욱하네요
우리 데이트 해요

어디로 갈까요?
창문 활짝 열고 나오세요

따스한 봄 햇살
나는 꽃단장하고

튤립꽃 되어
당신을 기다려요

사랑할래요

갈색으로 물들어 가는
들길을 걷는다

빨간 산수유
대롱대롱 달아 놓고
목련꽃 닮은 애잔한
그대 사랑했던 날들

사그라져 떨어지는 날까지
몽땅 안고 사랑할래요

김장하는 날

김장하는 날
아들에 손주
고사리손까지 보탰다

아이들 꽃물 잔치
중학생은 배추 나르고
씻고 절이고 야단법석

자꾸만 흐뭇한 미소
막걸리 주전자
돼지 수육에만
눈길이 가네

남편 그 마음
나만 알지롱

아내의 보람

태풍에 쓰러진 벼 이삭
흉년이라 하는데

쌀뜨물 뽀얗게
국물 만들어
넓적한 냄비에
말린 우럭 포 두 마리 넣고
홍고추, 호파, 마늘,
후추 넣고 팔팔 끓이면
뽀얀 국물

하얀 쌀밥 고봉
어! 시원해!

들녘은 흉년이지만
배불뚝이
우리 집 그 남자는 풍년

내 엄마도

멋모르고 시집온 날
시집 안 간
친구가 정말 부러웠지

어머닌 농사짓는 딸이
못내 안쓰러워 걱정하셨지

친정 나들이 간 날
어머닌 아침부터
버스 정류장에 앉아
못난 딸 기다리셨지

버스를
세 번이나 갈아타고서
먼 길 달려갔지

지금 내가
엄마 나이 되어
엄마가 되어보니
눈물만 나네

전화 목소리

시어머니 살아생전
내 전화 목소리에
하루가 행복하다 하셨지

나 또한 며느리한테
어머니 하며 밝은 목소리
어찌 그리 하루가 행복한지

그래, 그랬구나!
많은 대화 나누며 웃어 드릴 걸
후회하는 마음을
서녘 하늘에 실어 보낸다

첫 손자 경호

엊그제 첫 손자 태어나
나에게 큰 기쁨을 주던 경호
어느새 입대 한다고
인사하러 왔다

동장군 기승을 부리는데
걱정이 앞장서 손잡으니
벌써 대한민국 늠름한
군인의 모습 보인다

경호야, 충성!

커피 간 맞추기

주전자 물 펄펄 끓인다
믹스커피 달달하고
아메리카노 쓰디쓰다

커피 간 맞추기 쉽지 않네
때로는 달게
때로는 쓰게
모락모락 향기는
코끝을 스치고

남편의 목소리
여보! 커피 한 잔!

커피 간 맞추며
오늘을 달린다

화분을 옮기며

마음도 따뜻하게
제자리 지키며
꽃을 피우던 너

화분을 옮기며
밑바닥 작은 구멍
숨을 쉬며 꽃을 피웠다

난 아직 마음 비우지 못하고
조급한 생각만 가득하니
창밖에는 초겨울 비가 내린다

살랑바람 불면

침묵하던 세월
춥고 어두운 밤 지나니
봄바람 살랑 불어오네요

코로나 백신 주사도 맞고요
희망의 씨앗 틔우네요

앞산 뒷산
진달래꽃 만발하면
사랑방 손님
꽃다발 한 아름 안겨줄 거예요

수선화

여인의 발걸음처럼 사뿐히
배시시 웃으며 나왔네
겨우내 잘 참았어

우리도
코로나19 때문에
얼굴 감싸고 지냈어

무더기로 핀 수선화
엄지척하고 나와
노란 웃음 마구 터트리네

우리도 4대가 함께
무리 지어 살며
웃음꽃 피우며 살지

황새 한 마리

황새 한 마리
벌써 삼 년째

봄이 되면
잊지 않고 찾아오는
외짝

그리움 찾아 왔나
모든 시름 안고
한 발로 서있는

올봄엔
짝지어 오렴

당신 마음

가슴 속에는 무엇이
들어있을까요?
호수에 비친 당신 마음

숨어 있는
그 마음 훔치려고
바닥까지 내려가요

물속 깊이와 그림자
둘레까지 알고 싶어요

당신도 나처럼
깊이가 있을까요?

같은 생각으로
그 길 걷고 싶어요

동생 부부

우리는 삼 남매
맏딸이자 외동딸

남동생 둘,
큰동생은 누님이라 부르고
작은동생은 누나라 부르지

올때는 너무 반가워
대문을 나서면
가는 길만 쳐다보지

부모님 생각은
왜 이리 나는지

내 핏줄 내 동생들
생각만 해도 눈물 나는

상냥한 그녀의 목소리

반가워요
상냥한
그녀의 목소리

세상이
어지럽고 속상해도
하늘 한 번 올려다
보라 하네요

힘내세요
전진하세요
벚꽃이 활짝 피었다고
위로 하네요

포기하려다 주먹 쥐고
내 만량 마음의 빛
갚아주네요

버선목

달팽이 집 짓고
내 발에 맞는 버선을 신고

더듬이로 한세상
버선목 세우며

자존감 지키며
심지 굳건히 불태우며

세월의 꿰맨 옷 입고
굽은 길 구부정하게 기어갑니다

문학상 받던 날

차를 타고 달리는 길
초록 물감 사이사이로
하얗게 핀 산 벚꽃

가슴은 널뛰기
문학상 받으러 가던 날
문학상 받았습니다
세월에 감사하고
삶이 고맙고

꽃다발 힘껏 안았다
산에 핀 꽃들도 향기 전하고
집으로 돌아오던 길
걸음조차 가볍다

대문을 열어젖히고
여보 크게 불렀지
수고했어! 보람 있네! 웃어 준다
이제부터 시작이야 다짐해본다

4부

동강의 할미꽃

동강의 할미꽃

동강의 할미꽃 진자리
할미새가 둥지 틀고

허리 굽혀 꽃 핀 세월
단 한 번 꽃대 세워

씨앗을 날려 보내며
군에 입대한 손자 소식에

하얀 머리 풀어 헤치고
씨앗을 뿌린다

백두대간 절벽에서
동강의 할미새를 부르며

흐르는 물길 따라
세월을 읊고 있는
동강의 할미꽃

봄기운

구름 한 조각
내 눈이 파랗다

봄바람 수선화
내 눈이 파랗다

봄 아가씨 초록 치마
마음이 파랗다

봄 한 조각의 구름
깨우는 봄기운

한 조각이라도 좋은 걸

봄비 오는 날

버들강아지 눈 뜨는 소리

지붕 모서리에 달린 풍경

장독대 항아리 먼지 씻기는 소리

엉덩이 감추는 목련꽃 수줍은 웃음소리

홍매화 입술 내미는 소리

부시럭 부시럭 새봄 부르는 소리

사과

가을 끝자락
빨간 사과
저리도 예쁠까?

서리 내리기 전
사과를 따면서
스마트폰에 찰칵

나도 저만큼
고울 때가 있었지

낙엽 지니

간 세월 돌아보니
스산한 바람만 지나가네요

길 따라 기웃기웃
웃고 울며
걸어왔는데

심장이 요동치네요
낙엽 지니 외롭네요

고마운 날
감사한 날 많았는데
가을이라 그런가 봐요

허파에 낙엽이
꽂혔나 봐요
차라리 이런 날엔
눈이라도 내렸으면

감말랭이

말린 감말랭이
조금씩 없어진다고

하거나 말거나
달콤한 유혹 어쩌지 못해
생쥐처럼 들락거리며
주워 먹었지

남편의 미소 띤 목소리
손주 줄 요량으로 만들었는데
도둑은 여기 있었네

가을 나무

지니고 있던 모든 것
떨구는
가을 나무야
알몸 되어
춥다고 하는구나!

나도 너처럼
추억을 감으며
펼쳐놓은 시어들
가을바람 타고
손가락 사이로 빠져나가
마른 땅에서 뒹굴고 있구나!

총각무

총각무라고도 하고
달랑무라고도 하는데

무밭에 갔더니
너무 커 버렸다

총각무도 아니고
달랑무도 아니다

아저씨 무라고 부를까나?

울림

가랑잎 구르고
아직 떨어지지 못한 잎새
울림의 겨울 이야기 한다

서로 시린 얼굴 보며
북풍에 눈물 흘리는
옷 벗은 빈 가지

우듬지에
집 한 채 올려놓고
새 한 마리 외롭다

눈이 오려나
회색빛 하늘
숲속의 요정 나목의 허리 잡고
겨울 이야기 들려준다

불이 났어요

불꽃이 타올라요
물을 뿌리면
더욱 타오르네요

가을 끝자락에서
앞마당 사루비아
정열을 뿜어내고 있어요

서리가 내리기 전
마지막 욕망

겨울 오는 길목
희망의 불꽃 활활
화단에 불이 났어요

단풍 비

곱디곱다
단풍잎 너를 보며
짝사랑이 버거워
비 되어 내린다

수많은 사연
고운 그림
단풍잎에 그려놓고
멀리멀리
굴러가는 단풍잎

그대와 나
씨앗 하나 묻으며
단풍 빗속 걸었지

무를 뽑으며

무 한 번 보고
내 다리 한 번 보고

내 다리 한번 보고
무 한번 보고

무가 다리 닮았나?
다리가 무를 닮았나?

김장밭 애벌레

텃밭 무 배추
무청하고 똑같은 애벌레가
능청스럽게 붙어있다

살자고
저렇게 꿈틀대는데
차마 떼어내기 미안하다

배추는
노란 속살 채우며
가을을 살찌운다

서리 호박

꽃 중에 으뜸이라 불러 주고 싶은
호박꽃 왜 밉다고 하는가?

늦서리 호박
줄기에 힘없이 매달려
서리 오기 전 나 좀 보라 한다

너와 나 훗날
흙으로 돌아갈 삶인데
오늘을 살기 위해 살을 찌우는

애호박은 아니고
너희 이름을 붙이면
서리 호박이다

가을 속으로

가을 길 따라
세월의 소리가 들린다

단풍잎 바람 소리 따라
깊은 가을 속으로 들어가 보니
너와 나 인생길이 닮았구나

샛노란 얼굴 감추고
돌아서 제 자리에 왔구나

내 영혼 흔들어 깨우며
마른 가지 빈 둥지만 춥다 한다

가을의 몸부림

귀뚜리는 밤새 울며
마지막 가을을 배웅한다

추억을 얼레에 감으며
곧 떨어질 잎새
파르르 떠는 고동 소리

스산한 꽃잎은
바람에 눈물 훔칠 때

가을 햇살
빈 가지에 매달려
초점 잃은 눈으로
먼 산만 바라본다

가을 강가

바람 소리 따라
갈대는 흔들리며 강을 지킨다

햇살은 물비늘 뿌리며
단풍잎 떨어져 제 갈 길 간다

산자락 끼고 흐르는 강
버들치는 갈대숲에서 휴식을 취하고

눈이 시리게 시퍼런 하늘은
빈 그림자만 보여준다

여자의 마음도 갈대 따라
흔들리고 서 있다

묵정밭

노모 떠난 빈집
텃밭은 묵정밭 되어
개망초꽃이 무성하게 피었다

어머니 무명 저고리 입고
지금도 자식들 기다리듯
하얀 수건 쓰고 밭에 서 있다

육신은 떠났지만
묵정밭에 떠난 임 그리워
개망초꽃이 되어 피어있다

하얀 묵정밭 그림자만
서녘 노을에 길게 누웠다

떫은 감

길가에 떨어져 뒹구는 감
가던 길 멈추고
가을을 들여다본다

고목의 늠름함도
하늘 한번 마음 편히 못 보고
발에 밟히는 떫은 감

마스크 집어 던지고
부지런히 주워 담아
호랑이도 무서워 벌벌 떠는
곶감 만들어 매달아 놓자

황금빛 감

가을에 찾아온
둥그런 황금빛 감

멍석 깔아 놓고
선별하여 성형해 주는데
흔쾌히 얼굴 내맡긴다

건조장에서 분칠하고
곶감으로 탄생한다

그래! 가을이라서
너를 만나 참 좋다

가을 문

쪽문으로
가을 문이 열리고 있다

물감 흘리는 단풍
실눈 뜨고 살포시 본다

너 또한 내 곁을 떠나려
색동옷으로 갈아입고 있다

달빛에 물든 들창 가
노랑 은행잎
춤사위가 요란하다

스산한 바람 소리에
한 해를 마무리 한다

단풍잎 시심

가을이라서 좋은 거야

가슴 속 시심을 담아
노랑 빨강 단풍잎
한 잎 두 잎 주워서
구름에 띄울까?
갈대에 널어 놓을까?

시리고 아픈 사연
떠나보내자
고운 마음 수놓아
단풍잎처럼

생강을 캐면서

가을이 깊어가고
서리 내리면
생강을 수확한다

45년 전 시어머니께서
생각을 심어 놓으렴
시장에 가시고
난 그저 덩어리째
땅에 묻었지

돌아오신 시어머니
다시 꺼내 쪽을 따서
땅에 묻으셨지

철부지 서울댁
이젠 베테랑 농사꾼 되어
들녘을 누빈다

마늘 겨울잠

한 해 농사 마무리
마늘 심기
고운 황토 덮어주며
토닥토닥

내년 봄에 초록 옷 걸치고
얼굴 내밀어라
토닥토닥

겨울잠 푹신 자거라
비닐 이불 덮어주며
토닥토닥

눈 위에 발자국

눈이 소복소복 쌓였다

곧게 걸어 온 길
반듯하게 따라오는
똑같은 그림자

구부정한 길
휘청거리며 걷는 발자국
눈 위를 걸으며
되돌아본다

지나온 네 발자국
곧은 길이었나

따라오는 발자국 보며
후회는 없는지
내 인생 들여다본다

눈 오는 날

스러지는 눈꽃 아쉬워
조화 한 다발 샀다
너희도 사람 손으로
꽃 피웠구나

마음먹기 달렸지
꽃보다 더 예쁜 꽃
눈꽃도 꽃이고 너도 꽃이지

오늘같이 눈 오는 날엔
향기 대신 사랑으로
따뜻하게 지내보자

겨울 숲

가을 낙엽
자리를 지키더니
어느새
텅 빈 겨울 숲 되었네

뭇 새들
빈 둥지 감싸 안으며
초승달 따라 먼 길 떠날 때

어린 참새 두어 마리
어미 품속 파고들며
새봄 기다리네

눈이 내리네

함박웃음 짓고
눈이 내리네

나풀나풀
사뿐사뿐
눈이 내리네

송이송이
그리움
첫사랑 추억

무작정 걷고 싶다
눈은 계속 내리네

계절의 몸부림

앙상한 나뭇가지에
계절이 몸부림친다

세월 곱씹으며
허전한 마음 허공에 날린다

누런 가랑잎
지독한 외로움에
발발 떠는데

차라리
눈이라도 펑펑 쏟아져
하얗게 하얗게
온 세상 덮어버렸으면

하얀 손

마음 떠난 자리
가는 세월 붙잡지 못하듯

내 마음 내 것인데
겉만 보일 때

그런 게 아닌데 오해를 하며
매듭은 점점 조여들고

마음 편치 않으니
수심이 가득한 얼굴

하늘은 눈꽃 날리며 하얀 손
먼저 내밀어 보라 한다

12월의 노래

눈이 내린다
12월 한 장 남은 달력

감나무 우듬지에 까치밥
물렁 감 두어 개 대롱거리고

유리창 너머 회색 하늘은
아쉬움 토해내듯 싸락눈을 뿌린다

빈 둥지에 매달린 허전함이
바람에 흔들리며 말을 건다

붙잡을 수 없는 세월
제 갈 길 무심히 가고 있다

전원생활 현장의 순박한
서정적 진실

김송배
(시인, 한국문인협회 전 부이사장)

해설

전원생활 현장의 순박한 서정적 진실

−신금자 시집『황홀한 고백』

김송배

(시인, 한국문인협회 전 부이사장)

1. 고백문학과 시적 진실 탐색

현대시가 지향하는 시세계의 현장에는 생활 철학이 깊게 잠재한 그 시인의 진정한 목소리가 우리들의 가슴을 울리는 시법을 많이 대하게 되는데 이는 그 시인이 살아오면서 겪은 오랜 체험들이 고스란히 곰삭아서 진실을 향한 하나의 이미지로 재생되고 그 이미지는 현실의 모든 형태와 융합하면서 새로운 언어로 창출되는 경향을 많이 접할 수 있게 한다.

여기 신금자 시인이 상재하는 시집『황홀한 고백』의 원고를 살피면서 이러한 정감을 떠올리는 것은 그가 지금까지 살아오면서 느끼고 혹은 감내(堪耐)한 정서가 지금 현재 삶의 현장에서 오감(五感)으로 생생하게 재생하여 작품으로 형상화하는 시법을

간과(看過)하지 못하기 때문이다.

　신금자 시인은 이 시집 제목에서 감(感)을 잡을 수 있듯이 '고백'이라는 자신의 내적 또는 외적인 생활 현장을 가감(加減)없이 있는 그대로 밝히는 형태를 문학으로 연결하여 고백문학으로서의 곡진(曲盡)한 그의 사유(思惟)를 표출하고 있어서 우리들을 공감의 장으로 흡인시키고 있는 것이다.

　그는 '시인의 말'에서 '나 고백하리라'라는 담담한 어조(語調)로 '얼마나 너를 그리워 하며 / 사랑하는지를', '한 문장도 놓치고 싶지 않아 / 얼마나 조바심하는지를', '네가 세상에 나올 때마다 / 얼마나 행복한지를' 그리고 '네가 누군가의 책꽂이에 꽂혀 / 먼 훗날까지 가슴 속에 남아있기를'이라고 그가 이 시집을 발간하는 이유를 절절한 언어로 표현하고 있어서 그의 진실을 이해하게 한다.

　그는 '고독이 밀려올 때 / 산은 나에게 말을 걸었네 // 방황의 그림자 드리울 때 / 산은 나에게 어깨를 내주었네 // 사랑과 미움의 갈림길 / 산은 내 편이 되어주었네 // 절망과 소망 앞에 / 산은 내게 길 열어 주었네 (「산은 나에게」 전문)'라고 고독과 방황, 사랑과 미움 그리고 절망과 소망을 문득 산에게서 영감(靈感)을 받게 되는 형상은 상당한 감응력을 포괄하고 있는 것이다.

　하고 싶은데 하지 말라 하니
　비밀이 생겼어요

미래의 전제이니까요
준비하는 마음으로

만족할 만큼 성취하면
그때는 말할게요

몰래 숨어서 하는 일
난생처음 해보는데

잘 되겠지요, 묻고 싶어요

―「비밀이 생겼어요」 전문

　신금자 시인이 고백하는 것은 누구에게도 실토할 수 없는 비밀
이 생겼다. 이것은 자신이 시를 학습하고 창작할 수 있는 여건이
만들어 지도록 그 과정을 조심스럽게 표현하고 있다. 이는 그가
미래를 준비하는 마음이지만 아직 만족할만한 성취를 이루지 못
했기에 잘 될 것이라는 고백의 일단을 형상화하고 있는 것이다.
　어찌 보면 그의 인생에서 사유의 진폭(振幅)이 큰 비밀일 수도
있겠으나 그는 일생 동안 꿈꾸어온 대망(大望)을 실현하려는 노
력을 아직까지 비밀에 붙여서 차근히 진행하는 고백임을 이해

하게 한다.

흠칫 눈치 보며 끝자리에 앉는다
나이 많은 게 무슨 죄인가

젊은 청춘은 언제였던가
고개 숙이고 볼펜만 굴린다

점심시간 "같이 오세요" 하는 말
뒤로 하고 빵 한 조각, 물 한 모금 먹고

남편의 전화에 서러움이 왈칵
나이는 숫자일 뿐이야

마음 다잡고 강의실에 앉아
다시 한번 용기를 내보는 거야

─「나이는 숫자에 불과해」 전문

신금자 시인은 '나이는 숫자일 뿐이야'라고 힘차게 용기를 내
어 모든 일에 도전을 하는 의지를 보여주고 있는데 이것도 그가
'마음 다잡고 강의실에 앉아'서도 나이 많음과 청춘을 성찰하면

서 무엇인가를 성취하려는 확고한 결심을 표출하고 있는 것이다. 이것이 바로 그가 대망을 염두에 두고 '나이는 숫자에 불과'하다는 각오가 넘치는 시법이 우리들을 숙연하게 유로(流露)하고 있는 것이다.

그는 다시 작품 「가을 속으로」 전문에서도 '가을 길 따라 / 세월의 소리가 들린다 // 단풍잎 바람 소리 따라 / 깊은 가을 속으로 들어가 보니 / 너와 나 인생길이 닮았구나 // 샛노란 얼굴 감추고 / 돌아서 제 자리에 왔구나 // 내 영혼 흔들어 깨우며 / 마른 가지 빈 둥지만 춥다 한다'는 어조로 세월과 인생길의 성숙에서 가을과 교감하면서 '내 영혼'의 고고(孤高)한 고백을 실감하고 있는 것이다.

2. 현실에서 획득한 생활 철학

신금자 시인은 고희를 맞이한 전형적인 농부 시인이다. 그는 농사일을 하면서도 틈틈이 시에서 실시하는 시창작 교실에서 공부를 하여 《화백문학》에 시로 등단하고 현재 서산들꽃시 동아리와 한국문인협회 서산시지부 회원으로서 시집 『하루살이 인생도 괜찮아요』와 『초록 바람』을 상재하고 현재는 동양화도 그리는 화가로서 활동하는 재원이기도 하다.

이러한 농촌 생활을 통해서 획득한 생활 철학이 그의 강렬한

의지와 동시에 잔잔한 심성으로 작품이 창작되고 있어서 그에게 내재된 농촌과 농부들의 애환이 적나라하게 작품으로 형상화하는 모습은 우리 농촌의 현재 실상에서 그가 감지하는 순정적인 메시지는 많은 연민(憐憫)을 제공하고 있는 것이다.

멧돼지가 헤집고 간 자리
여름내 기다리다가

땅 갈라지는 소리
가을이 영그는 소리

고구마밭 호미로 캐보니
고구마는 달리지 않고
뿌리만 뽑힌다

가을 곳간 빈자리
한숨만 쟁여놓고
줄기라도 잘라서 말려야지

발부리 끝에 걸린 돌멩이만
애꿎게 걷어찬다

-「빈 곳간」 전문

  그렇다. 지금 농촌에서는 여름 내내 애써서 가꾸어 놓은 농작물을 멧돼지들이 헤집어놓아서 가을 수확기가 되어도 곳간은 텅 비어있고 '한숨만 쟁여놓고' 허탈에 빠져 있다. 언젠가 텔레비전에서 보았듯이 멧돼지 포획을 위해서 전문 포수들이 출동해서 온산을 뒤지면서 멧돼지를 잡는 광경이 인상적이었는데 신금자 시인은 직접 당한 체험을 '빈 곳간'이란 제재로 명민(明敏)하게 표출하고 있어서 안타가운 농촌의 실정(實情)에 위무(慰撫)의 정의(情誼)를 보내게 된다.

  노모 떠난 빈집
  텃밭은 묵정밭 되어
  개망초꽃이 무성하게 피었다

  어머니 무명 저고리 입고
  지금도 자식들 기다리듯
  하얀 수건 쓰고 밭에 서 있다

  육신은 떠났지만
  묵정밭에 떠난 임 그리워
  개망초꽃이 되어 피어있다

하얀 묵정밭 그림자만
서녘 노을에 길게 누웠다

–「묵정밭」 전문

　신금자 시인은 다시 모두들 도시로 떠나고 텅 비어있는 농촌
의 실상(實相)이 아주 을씨년스럽게 묘사되어 있다. 이는 현재 우
리 농촌의 인구가 노인들만 어쩔 수 없이 상주(常住)하는 현실에
서 자주 대할 수 있는 '묵정밭'의 실황(實況)을 그는 정감적으로
잘 창출해내고 있다.
　그는 '노모가 떠난 빈 집'과 개망초꽃만 무성한 묵정밭, 그 밭
에는 지금도 떠나간 자식들 기다리는 어머니 등의 이미지는 보
편적인 향수에서뿐만 아니라, 어머니를 비롯한 전 가족들의 지
나간 애환들이 이 묵정밭에 그 림자들만 '서녘 노을에 길게 누웠
다'는 어조로 사모(思母)의 정한(情恨)과 가족애 그리고 한 줄기의
추억으로 남아 있는 체험이 시적으로 형상화하고 있어서 우리
들의 정감을 고조시키고 있는 것이다.
　이러한 신금자 시인의 애절한 정감은 작품 「감말랭이」 「총각
무」 「무를 뽑으며」 「김장밭 애벌레」 「서리 호박」 「떫은 감」 「생강을
캐면서」 「마늘 겨울잠」 등에서 그가 현장에서 경험한 일상들이
그의 뇌리(腦裏)에서 불망(不忘)으로 남아서 이제 신선한 작품으

로 창조되고 있어서 그의 작품은 훈훈한 메시지를 우리들의 심금(心琴)을 울려주고 있는 것이다.

3. 순박한 기원 의식의 형상화

신금자 시인에게는 가슴 깊이 간직한 순박한 기원이 있다. 그는 '명예도 싫소 / 돈도 싫소 // 철부지 여자로 / 한평생 살려 하오 // 들꽃처럼 소박하게 / 바람에 풀잎 날리듯 // 아침이슬 머금고 / 철없는 여인으로 살고 싶소 // 당신이 내 곁에만 있으면(「철부지 여자」 전문)'과 같이 명예와 돈 다 뿌리치고 한평생을 들꽃처럼 순박하게 살고 싶다는 기원의 의식이 그에게 잠재해 있다.

가슴속에는 무엇이
숨어 있을까?

숨어 본들
호수에 비친 당신 마음

바닥까지 보이니
당신 마음 훔치려

물속 깊이와 그림자
호수의 둘레까지 알고 싶어

당신 마음도 나처럼
깊이가 같을까?

같은 생각으로
그 길 걷고 싶어요

—「깊이」전문

그는 '가슴 속에는 무엇이 / 숨어 있을까?'라는 의문으로 상황을 설정하고 당신의 깊은 마음을 '물속 깊이와 그림자 / 호수의 둘레까지 알고 싶어'라는 어조로 작품을 전개하지만 더욱 의문은 깊어지고 있는데 그는 결론에서 '당신 마음도 나처럼 / 깊이가 같을까? // 같은 생각으로 / 그 길 걷고 싶어요'라는 '……싶어요'라는 문법상의 접미사로 그는 간절한 여망의 심려(心慮)를 형상화하고 있는 것이다.

대체로 시인들은 애절하게 희망하는 기원이나 여망 등은 '싶다'라는 접미사로 어떤 문제를 해석하고 이를 위한 갈망(渴望)의 의지를 나타내게 되는데 신금자 시인도 작품의 형성과 전개에서 이러한 해법으로 문장을 완성하는 특징이 있다.

그는 '지난해 무겁던 마음 / 첫 마음 1월을 연다 // 2021년 올해는 내 나라 / 내 가정 모든 이웃 // 마스크 벗어 던지고 / 사람꽃으로 만발하여 // 함박웃음 지으며 / 새해를 맞이했으면 좋겠어 (「첫 마음」 전문)'와 같이 '좋겠어'라는 어미(語尾)가 암묵적(暗默的)으로 전하는 메시지는 하나의 기원의 영역에서 작품을 해석하고 있는 것이다.

가슴 속에는 무엇이
들어있을까요?
호수에 비친 당신 마음

숨어 있는
그 마음 훔치려고
바닥까지 내려가요

물속 깊이와 그림자
둘레까지 알고 싶어요

당신도 나처럼
깊이가 있을까요?

같은 생각으로

그 길 걷고 싶어요

─「당신 마음」전문

신금자 시인의 기원의식은 지극히 순박하다. 원대한 고도(高
度)의 지성적인 여망이나 이상적이거나 또한 몽상의 광대한 유
토피아도 아니다. 그의 소박하고 순정적인 감성의 인생관이 순
조롭게 순리대로 안정된 생활이 영위되고 거기에서 자신만이 안
분지족(安分知足)할 수 있는 작은 소망이 그의 심저(心底)에 넘치
고 있다.

그는 '물속 깊이와 그림자 / 둘레까지 알고 싶'고 당신도 '같은
생각으로 / 그 길 걷고 싶'다는 단순하면서도 평상심이 깃든 인
생행로의 평탄한 여정(旅情)을 바라는 동심과 같은 기원이다.

다시 그는 '꼬인 생각 끝에 / 답답하여 / 냉수 한 잔 들이킨다
// 마음 가다듬으며 / 큰 그릇만 쓸모가 있는가? / 작은 종자기
도 용도가 있듯이 // 나무를 보라 / 처음부터 대들보더냐 / 작은
나무 큰 나무 되듯// 가다 보면 / 희망의 빛도 보이겠지(「복잡한
생각」전문)'라는 기대와 동시에 복잡다단한 현실적인 허욕(虛慾)
의 고뇌(苦惱)에서 벗어나고자 하는 정심(淨心)을 탐구하고 있는
것이다.

그리고 그는 '앙상한 나뭇가지에 / 계절이 몸부림친다 // 세
월 곱씹으며 / 허전한 마음 허공에 날린다 // 누런 가랑잎 / 지

독한 외로움에 / 발발 떠는데 // 차라리 / 눈이라도 펑펑 쏟아져 / 하얗게 하얗게 / 온 세상 덮어버렸으면 (「계절의 몸부림」 전문)'하고 '허전한 마음'과 '지독한 외로움' 등의 심적인 번민(煩悶)도 '계절의 몸부림'으로 비유하여 온 세상을 눈으로 하얗게 덮어버렸으면 하는 단정적인 심려도 이 시대의 갈증이나 현실의 불합리 등에서 궁극적으로 해방하거나 화해하는 신성한 갈망의 진실을 엿보게 하고 있는 것이다.

4. 자연의 원형적인 서정 시법

신금자 시인은 자연 서정에 심취하고 있다. 그는 '들녘에 / 물안개 피어오르고 / 산 아래 개울 / 개구리를 깨운다 // 사계절 자리 잡아 놓고서 / 들꽃 되어 / 내 안의 그대를 본다 (「들꽃 되어」 중에서)'는 그의 진솔한 심정에서 그가 자연에 동화(同化)하고 만유(萬有)의 자연 사물과의 교감을 통한 서정성이 우리들과 호흡을 함께 하고 있는 것이다.

그는 '때로는 보랏빛 향기로 / 잎새에 부는 바람 / 생명을 지탱해주는 / 이정표 되어 / 아침 이슬에 세수를 한다'는 결론은 그가 착목(着目)하는 외적 사물에 대한 시각적, 청각적인 이미지가 복합적으로 이미저리(imagery)를 형성하여 공감각적인 효과를 상승시키고 있어서 그의 시적인 감응(感應)을 이해할 수 있게 한다.

흐르는 강 멈추지 말라 하고

바위는 말을 아끼라 한다

자연은 울타리도 치지 않는다

마음 가는 대로 앉아서 숨을 돌리자

웃음도 울음도 침묵으로 답한다

하늘과 땅 사이에 숲이 있기에

진심이 숨어 있는 자연은 글방, 공부방이다

―「자연은 학교다」 전문

그렇다. 한 마디로 '자연은 학교'이다. 흐르는 강과 묵언(默言)
의 바위는 울타리 없는 자연의 광장에선 하늘과 땅 그 사이에 있
는 숲들은 '진심이 숨어 있는 자연은 글방, 공부방이다'라는 진
정한 그의 고차원의 가치관을 추적할 수 있는 단정이다.
　이러한 정황(情況-situation)은 계절이라는 시간성과 분리될 수

없는데 '무화과나무 / 계절의 변화 앞에서 / 나는 너에게 / 너는 나에게 / 마른나무가 되어 바라본다 −중략− 하늘엔 기러기 한 떼 / 새 터 찾아 날아간다(「계절의 변화」 중에서)'는 친환경적인 사유는 그가 구현하고자하는 시적인 실체라고 확인할 수 있는 것이다.

언덕길 오르는데
뒤따라오던
바람이 말을 걸더라

여름앓이
주름진 얼굴 어루만지며
가을바람이 말을 하더라

고운 단풍잎 한 장
손에 들려주고 같이 걷자며
가을바람이 말을 걸더라

가을바람이
굽이굽이 인생길
쉬어가라 하더라

−「바람이 말을」 전문

다시 그는 무형(無形)의 '바람'이라는 자연 현상에서 언어를 교감하고 있다. 그는 언덕길을 오르면서 '바람이 말을 걸'어 '여름앓이 / 주름진 얼굴 어루만지'거나 '고운 단풍잎 한 장 / 손에 들려주고 같이 걷자며' 이젠 '굽이굽이 인생길 / 쉬어가라'고 전언(傳言)하는 바람의 자연 동화는 신금자 시인만의 특수한 청력(聽力)으로 작품을 완결시키고 있는 것이다.

이밖에도 작품 「노을길」 「그물 울타리」 「눈 위에 발자국」 「논둑길을 걸으며」 「달빛 소나타」 「봄비 오는 날」 「완두콩 열리며」 「봄기운」 「단풍잎 시심」 「겨울 숲」 등등에서 자연의 원형적(原型的) 심상에서 발흥하는 친화의 정감적인 메시지를 읽을 수 있게 하고 있는 것이다.

5. '시인의 정원'과 '마음의 부자'

신금자 시인의 시집 읽기를 마무리해야겠다. 그가 지금 현재 행복해 하는 '시인의 정원'에는 무수(無數)한 사물들의 형상이 그의 눈길을 기다리고 있고 무변(無邊)의 사유와 이미지가 그에게 취택(取擇)되기를 고대하고 있다.

부모님 뒷바라지 하랴
농사지으랴

뒤늦게 시작한
늦깎이 공부

와! 나는 책상 부자다
컴퓨터 책상
글 쓰는 책상
그림 그리는 책상

남편이 사 온 책상
너무 좋아
여보! 고마워요
아이처럼 방 안을 빙빙

―「책상 부자」 전문

그는 우선 '뒤늦게 시작한 / 늦깎이 공부'에 감사하면서 책상
에 쌓인 책들에게 부자라고 외치고 있다. 그는 부모님 모시고 농
사를 지으며 컴퓨터도 하고 글을 쓰고 그림도 그리는 책상에서
부자라고 함성을 지르고 있다.
그는 다시 '가난이 숙명이라 생각하며 / 한 조각의 빵을 얻기
위해 / 하루를 열어가는 사람들 // 내 안의 울타리 / 부러워할
세상도 없고 / 좋은 집도 필요 없고 / 내 한 몸 눕히면 되는걸 //

채워놓은 자리 분수 지키며 / 낮은 곳을 볼 줄 아는 사람이 / 마음 부자로 사는 삶이 아닐까('마음 부자」 전문)'라는 어조로 외적으로 보이는 책뿐만 아니라, 내적인 '마음의 부자'로 그의 삶은 더욱 윤택해지고 있음을 실감하면서 이제야 삶에 대한 향기를 만끽(滿喫)하는 것이다.

하늘 문이 열리면
구름이 말을 하네요

뜰 안 작약꽃 안아주며
말벗 되어주고는

여름에 또 온다며 그때
문을 열어달라 하네요

일 년에 네 번만
시인의 정원에 손님으로

대문으로 들어와
꽃밭에서 놀다 가겠다 하네요

―「시인의 정원」 전문

신금자 시인은 그가 손수 잘 꾸민 '시인의 정원'에서 그동안의 고뇌와 갈등들을 화해시키고 있다. 여기에서 세상 만물과 대화하고 교감하면서 자신만이 누릴 수 있는 열락(悅樂)의 생애를 살아가고 있는 것이다.

그는 다시 '가슴은 널뛰기 / 문학상 받으러 가던 날 / 문학상 받았습니다 / 세월에 감사하고 / 삶이 고맙고 // 꽃다발 힘껏 안았다 / 산에 핀 꽃들도 향기 전하고 / 집으로 돌아오던 길 / 걸음조차 가볍다 (「문학상 받던 날」 중에서)'는 한결 가벼워진 마음으로 '문학상'을 받은 기쁨에 넘쳐 있다.

이러한 일들이 그의 생애에서 가장 보람된 일로써 앞으로의 여생(餘生)을 꾸려나가는 데 활력소의 운명으로 수긍하는 행복의 현장이 아닐 수 없는 것이다. 일찍이 영국의 시인 셸리가 말했듯이 시는 최상의 행복, 최선의 정신, 최고로 행복한 순간의 기록이란 명언은 바로 신금자 시인을 두고 한 말이라고 생각된다.

이제 신금자 시인의 며느리 양유진 님이 사랑이 가득 넘실거리는 다음의 글을 시어머님에게 드리면서 시집 읽기를 마무리한다. 시집 발간을 축하한다.

어머님께서는 며느리인 제게 가르쳐달라
겸손의 말씀을 하셨습니다. 하지만, 저는 어머님처럼
제 글을 쓰고 모으고 엮을 용기가 없었습니다.

밭에서 일하다가, 부엌에서 그릇을 만지다가
떠오른 글들을 적어 놓으신 메모지 뭉치를 보고
저는 감동과 질투에 어쩔 줄 몰랐습니다.
우리 어머니 신금자 여사님은 아름답고 멋지고
지혜로우신 분입니다. 글을 쓰시고 글을 사랑하시는
배꽃 같은 여성이 내 하나뿐인 시어머니여서
참 행복합니다.

황홀한 고백

신금자 지음

발 행 처 · 도서출판 청어
발 행 인 · 이영철
영   업 · 이동호
홍   보 · 천성래
기   획 · 남기환
편   집 · 방세화
디 자 인 · 이수빈 | 김영은
제작이사 · 공병한
인   쇄 · 두리터

등   록 · 1999년 5월 3일
(제321-3210000251001999000063호)

1판 1쇄 발행 · 2021년 8월 10일

주소 · 서울특별시 서초구 남부순환로 364길 8-15 동일빌딩 2층
대표전화 · 02-586-0477
팩시밀리 · 0303-0942-0478

홈페이지 · www.chungeobook.com
E-mail · ppi20@hanmail.net
ISBN · 979-11-5860-967-2(03810)